겁 없이 찬란했던 날들

겁 없이 찬란했던 날들

문혜영 시집

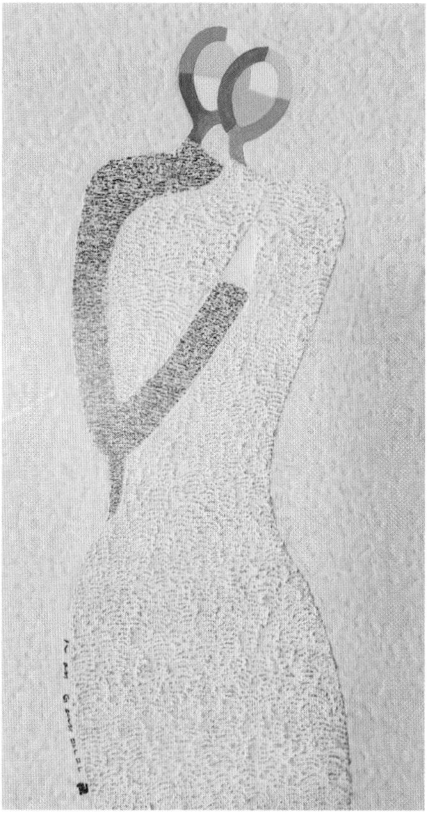

도서출판 북인

시인의 말

생존은
그 자체만으로 벅찬 빛남이다
온전, 영원하지 않아도

먹빛 같은 날만 있었던 건 아니다
유성처럼 빛을 발하던 찰나가 있기도 했다
그 시공을 붙들고 싶어 셔터를 누르고
허공에 벽화 새기듯 시를 쓴다

처마 밑 둥지엔 제비 돌아와 지줄대고
근처 무논에선 개구리들 합창이 들려온다
열정을 사르는 모든 생명에게
'겁 없이 찬란했던 날들'은 현재진행형이다

가장 힘든 시간에
생의 이유와 버팀목이 되어준
가족이 있어 여기까지 왔다

사랑한다, 고맙다,
숨 마지막까지 품고 갈 이 말로

오늘 또 하루, 우주를 연다

혜안으로 따뜻한 발문을 써주신 귀한 인연,
맹난자 선생님께 감사드린다
소장하고 있던 김만근 화백의 작품을 표지화로 했다
운명처럼 내게 온 또 하나의 선물이다
도서출판 북인과의 인연에도 감사드린다

2020년 5월
문혜영

차 | 례

2부 그냥 지나칠 뻔했다

3부 시간이 머문 자리

4부 봄을 기다리며

1부

아무런 이유도 없이

비안개에 갇히다

어느 날
비 퍼붓는 고원지대 달리다가
정말 한 치 앞도 보이지 않는
비안개에 갇혔던 기억 있다

느닷없이 네가
내 가슴에 빗줄기로 찾아들면
한 발짝 나아가지도 못하고
나는 비안개에 길 잃는다

시작도 끝도 모를 미로에
완벽하게 나를 가두는 너
장맛비로 하염없이 내리다가
끝내 비안개로 머무는 너

둘이 함께라면

코모 호수에 한 쌍의 청둥오리
수많은 보트 떠다니고
산책로엔 관광객 붐벼도
호수는 오직 둘만의 세상

둘이 함께라면
설령 지구 밖으로 밀려나
우주를 영원히 떠다닌다 해도

무섭지도 외롭지도 않을 것 같은
그런 날들, 나에게도 있었지
겁 없이 찬란했던 날들

고이다

숲을 지나다가
고인 물웅덩이를 보는데 왜 눈물이 날까
흐르지, 흘러버리지,
쉽게 떠나고픈 마음 다잡지 못할까봐
안으로 더 깊이 고여드는 침묵
물의 입자 냉각시켜 눈꽃 만들면
물의 마음도 읽게 된다는데
굳이 얼리지 않아도 난 알겠다
호수처럼 출렁거리지 않아도
파도처럼 철썩거리지 않아도
넌 그리움!
넌 애태움!

행여나 찾아오는 별빛 놓칠까봐
정화수 투명한 가슴으로 사는
넌 지독히 아픈 사랑!

아득하다

유월의 숲을 거닐면 정신이 혼미해진다
꽃이라고는 보이지 않건만
이 아찔한 향기는 어디에서 오는가

무방비한 나를 한순간에
포로로 만든 유혹의 정체
너무 가까이 다가가면
영혼마저 흔들릴 것 같아
언저리에 서 있다 발길 돌린다
덤불숲 어디선가, 비명인지 울음인지
꿩들의 신방이 무르익는 유월의 한낮
화사 한 마리 은밀히 지켜볼 것 같은데
처녀 젖꼭지 같은 산딸기가 천진하게 웃고 있다
딸까, 그냥 스칠까,

누가 고요하다 했나 유월의 숲을
유혹하고 유혹 당하고
천둥 번개 다 품고 있는 아득한 유월의 숲

알아보다

한번에 알아보았다

먼 우주 헤매 돌다가

억겁을 구르다가

비로소 마주했는데

둘이 본디 한몸이었음을

전생 어디쯤에서 놓친 끈이었음을

60조 개 세포들이 먼저 기억했나 보다

심장으로 둥둥 북 치면서

어서 하나로 스며들라 한다

*김만근 作. 〈함께하기〉, 판화.

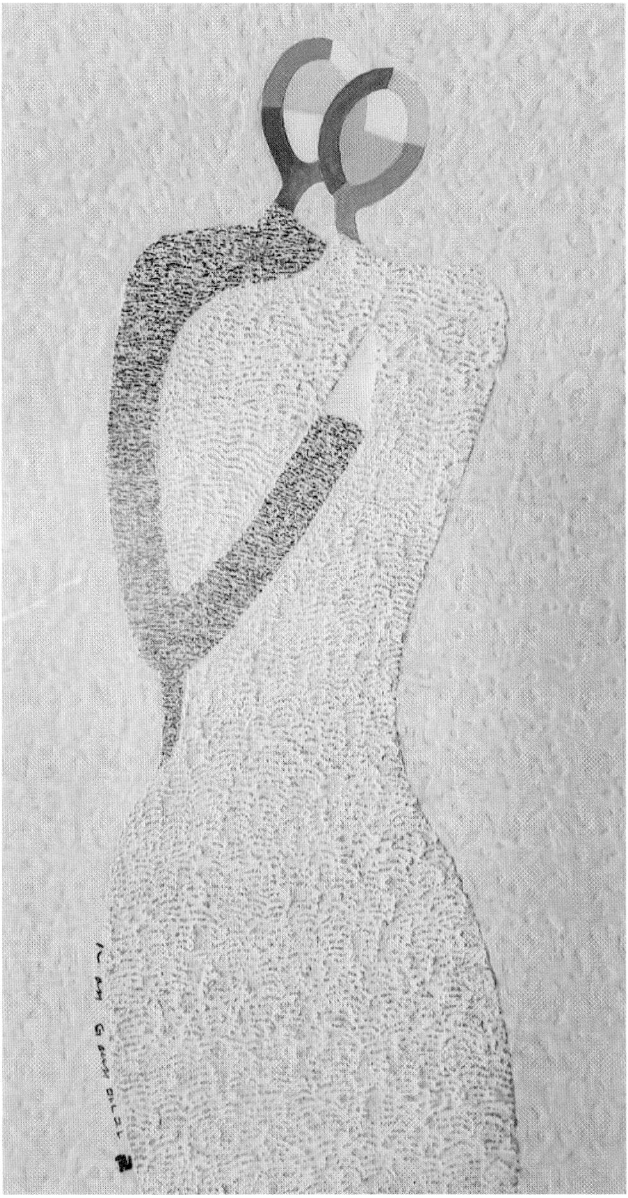

흐린 날엔

이런 흐린 날엔
한 송이 꽃이 되어야겠다

하늘이 무겁게 내려앉아
휴~ 답답한 숨 내쉬는 당신께

눈 맞춤 없어도 향기만으로 스며들어
당신 무채색 하늘을 아늑하게 물들여야지

눈빛과 미소에 꽃잎으로 벙글며
시간도 하늘도, 열리고 닫히고

흐린 날엔 당신 곁에 머물고 싶어
내 전부를 포장하여 선물로 보낸다

담장 사이로

오월이면 어김없이 찾아와
내 뜨락을 환하게 밝혀주는
네가 있는데

산책길에 잠시 흔들렸다
담장 사이로 엿본
남의 뜨락에 핀 꽃

손길 닿지 않아서
가까이 다가설 수 없어서
더 아련한가

얄궂은 거리
담장
안과 밖

스며들다

화선지에 먹물 스미듯
그리고픈 그림 있었나 봐요
봄 여름 내내
속살거리는 바람결로
솜털 간질이는 햇살로
온종일 내 뜨락 서성이던 당신
바람도 햇살도
그냥 노닐다 가는 줄만 알았더니
한 송이 붉은 울음으로
기어코 꽃을 피워놓으셨네
화무십일홍花無十日紅
이 또한 쓸쓸하게 스러질
풍경이라 그런지 꽃 빛이 더 타네요

메마른 땅에 단비 스미듯
어느새 내게 스며든 당신

닿을 수 있을까

그냥 꽃잎이 열리는 게 아니야
꼭꼭 여미었던 빗장을 열고
오랜 기다림의 시간
켜켜이 가둬두었던
숨을 불러오는 거야

하나의 별이 다른 하나의 별에게
그가 건너온 우주를 들려주려는 거야
그 숙명의 외로운 여정 잊고 싶어서

우리 영혼의 문
입술과 입술을 포개 열면
정말 닿을 수 있을까?
너와 내가 함몰되는
완벽한 블랙홀, 그 끝 모를 심연에

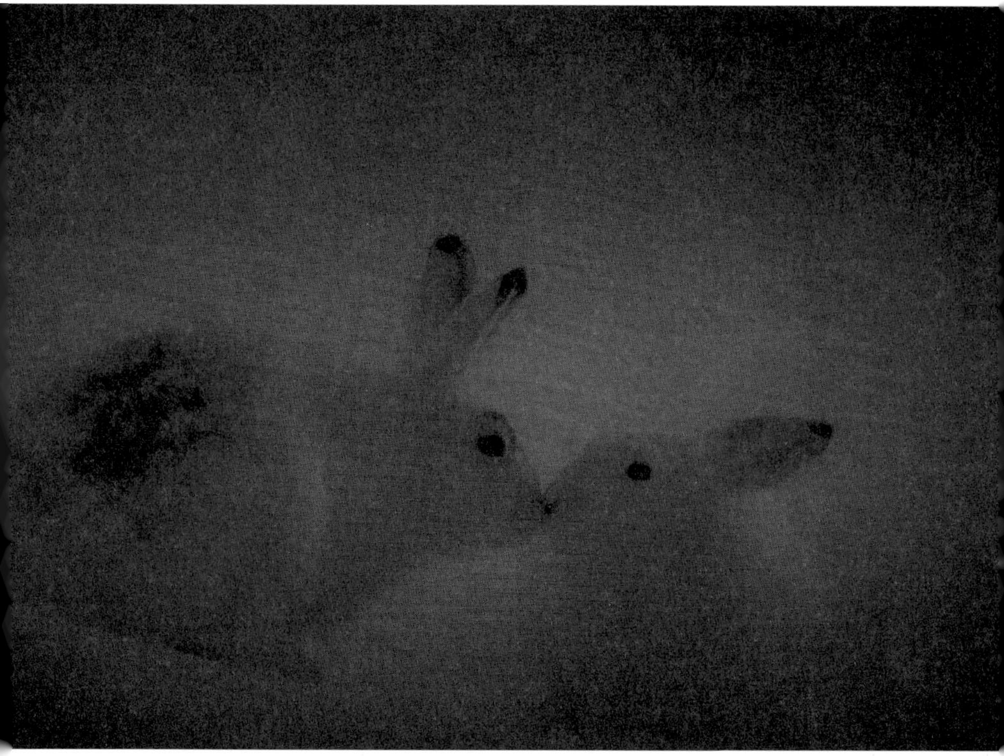

바람이

바람이 악수하면
하늘하늘~ 속삭이며
갈대가 나부낀다
오래 그립고 반가웠으면
더 세게 더 거칠게

바람이 품어 안으면
우우~ 소리 내며
가을 숲이 울음을 운다
격정의 몸짓 커질수록
더 크게 더 몸서리치게

지난 밤
깜짝 모르는 사이
그대여, 다녀갔는가
꿈인 듯 생시인 듯 수선스러워
몇 번을 깨어났는지

날개옷을 지어야지

아무도 눈길 주지 않는
뜨락 한구석 낮은 자리에서
보살피지 않아도 대견하게
저 혼자 생명 지키는 한 송이 채송화
네 순결한 꽃잎을 훔친다

한 줌 햇살과
한 줌 바람과
내 안 고여 있는 눈물만으로
결 고운 비단을 짜서
하얀 날개옷을 지어야지

그대여, 텅 빈 하늘에서 행여
날개옷 보이신다면
보듬던 결, 알아보신다면
나인 줄 아소서
아직 그댈 잊지 못하는,

당신과 나 사이

사람 대할 때, 불 대하듯 하라는
디오게네스의 말을 잊고
가끔 당신과 나 사이
거리 조절에 실패 겪는다
다가갈 때는 타지 않을 정도로
멀어질 때는 얼지 않을 정도로

번번이 불 조절에 서툴러
너무 다가가 까맣게 타버리거나
익기도 전에 도망쳐 얼어버리거나
불 조절에 상처 입고 물가를 찾으면
무한히 열린 숨으로 바다가 위로한다
아직 배워가는 중이구나
사람과 사람 사이 온전한 사랑을

깨질 거라는 두려움부터 거둬야 해
변할 거라는 의혹부터 버려야 해

도라지꽃

아무리 들여다봐도 오묘하다
단순함 자연스러움 신비로움
미의 3요소를 두루 갖춘 도라지꽃
바로 눈앞에 널 두고도
허기로 떠돌던 눈먼 세월
오늘에야 비로소 내 너를
깊숙이 맞는다

차가움 뜨거움이 공존하는 보라 꽃잎에
선연히 감도는 혈맥과 가장자리 아기 솜털
풋풋한 숨결로 매혹당하니
벌 나비는 아니어도 벙근 꽃술에
얼굴 파묻고 네 안에 갇히고 싶다
그러면 잊을 수 있을까
어지러운 한세상

사랑과 슬픔의 볼레로

그동안 까맣게 잊고 있었다
조르주 돈의 춤동작과 함께 내 심장을
뛰게 했던 그 영화, 사랑과 슬픔의 볼레로
깨어나는 순간부터 잠드는 순간까지
라벨의 볼레로가 따라다녔다
지평선 너머 아득히 소리를 데려와
음색을 키우고 세력을 불리고
절정으로 치닫는 그 집요함에
몸서리치며 사로잡혀 지냈다

사랑은 그런 건 줄 알았다
라벨의 볼레로처럼 fade in,
작게 시작하여 절정에서 숨을 멈추는
크레센도, 크레센도,
그런데 우리 사랑, 우리 인생은
fade out으로 슬그머니 막을 내리는
데크레센도, 데크레센도,

지금은, 여을

내 사는 별은
어린왕자의 별만큼이나 작아서
지구 자전과 상관없이 온종일
해가 뜨기도 하고, 어둠이 오기도 했다
그 작은 별에서는 사계절이
지구 공전과 상관없이 뒤죽박죽 흘렀다
봄 가을이 그냥 지나쳐버리기도 하고
여름과 겨울이 함께 머물기도 했다
뜨거움과 차가움이 공존하는
이상한 계절을 곤두박질치다가
내가 사는 별은 지금
여름과 가을 사이, 여을에 들었다
별 중심을 훑던 태양의 그 위대했던
열기가 아직 가시지 않은 채로
다시 서늘함을 껴안으려
숨 고르는 계절, 여을

모든 게 한순간이다

밤새도록 베갯머리에서
어둠 흔들던 비가 멎었다
뜨락 벚나무 숲에서
여름내 목청 돋우던
매미들의 울음도 사라졌고
팔 년째 처마 밑 둥지로
어김없이 날아와주던 제비의
부산한 날갯짓도 안 보인다

한때 노을빛으로 다가와
매미처럼 제비처럼
노래하고 날갯짓하던 너
굳이 떠나보내려 하지 말걸
애쓰지 않아도 시절 따라
스스로 가버리는
환幻의 그림자!

부화하지 못한 달

어미 새가 알을 품듯
달을 품고 온 정성 기울이면
꿈이 부화되는 줄 알았다

비바람도 어둠도 견디며
기다려도 기다려도
아, 부화되지 않는 꿈

생명은 그저 되는 게 아닌가 보다
혼신의 사랑이 깃들어야지
영글기도 하는 것을
애초에 무정란이었던가

내가 놓아버린 달이
무정란의 사랑이 저기 있네
버려진 그 자리에서
아직 부화를 갈망하며

넝쿨

처음부터 알았던 거야
혼자서는 어디로든 갈 수 없음을
꿈이 커질수록
허공으로 손짓만 키우다가
낙심을 반복했겠지
기대고 싶은
기대어도 좋을
든든한 등 하나 만나려고
봄 여름 내내 애태웠을
네 몸짓을 본다
붉은 네 울음을 듣는다
혼신으로 그리려다 못다 그린
네 마음을 읽는다

그리움이 덧나서

덧나면 상처만이 아니고
그리움도 못 견디게 근질근질하다

이럴 수가!
구월이 되니 몸이 기억한다
날개 달고 떠났던 북유럽 여행길
떠나라고 만나라고
또다시 마법에 걸리라고
그리움의 입자들이
혈관 헤매고 돌며
세포 곳곳 들썩이게 한다

여행도
몹쓸 사랑을 참 많이 닮았다

아무런 이유도 없이

왜 하필 거기냐고 묻는다면
굳이 설명 못해요

두고 온 사람도 없는데
여행길에 잠시 들렀던 장소
설레던 그 풍경 속으로
느닷없이 다시 가고파질 때 없나요

두고 온 웃음도 없는데
삶의 여정에 간이역 같은 사람
서성이던 그 품속으로
달려가 와락 안기고 싶을 때 없나요

아무런 이유도 없이
우리 그리움이란 거
영롱한 무지개로 피워올리다가
제풀에 스러져버리는 비눗방울놀이

2부

그냥 지나칠 뻔했다

바람은 그냥 지나지 않는다

바람은 그냥 지나지 않는다

사막의 모래 무늬도
강물의 결도
바람이 지나는 길의 흔적

오늘 나, 크게 흔들린다
적막하리 만큼 고요하던 심연이
출렁출렁 자꾸 일어남은
바람 한 점이 분명
내 영토를 관통하는 중이려니

오거라 지나거라
잠시 머물다 가도 상관없다
흔들림은 살아 있음이니까

온 가슴이 베인 날

서울 벗어나 여기 산촌으로 이사 온 뒤
다람쥐처럼 오가던 산책로였건만
어머니 떠나보낸 후
산길 초입에서 만나는
어느 망자의 묘지를
그냥 덤덤히 지나치지 못해
발길 끊었던 백석고갯길
뻐꾸기 울음 때문이었나
몇 년 만에 이 산길로 나를 부른 목소리

뻐꾹 뻐꾹
아 어머니!

길섶 따라 지천으로 피어 있는 찔레꽃이
하얀 웃음으로 나를 반긴다

아가야, 오랜만이구나

낙엽

떨어져 누웠어도 부끄럽지 않다
이제 소용없다 버려졌어도 아프지 않다
누가 무어라 해서 흔들리는 것 아니다

태양의 뜨거운 사랑 원 없이 누리고
봄 여름 부풀게 꿈꾸었으면
족하다, 그만인 거다

바닥에 뒹굴다가, 바람에 흩날리다가
발길에 채이다가 으스러져도
괜찮다, 그만인 거다

훗날 삶 접고 떠날 때가 오더라도
한세상 살아봤으니 질척이지 않고
고맙다, 그만인 거다

울음의 길

너무 울어 텅
비어버렸는가, 이
매미 허물은*

바쇼의 매미는
여름내 절규하듯 울음을 쏟고
텅 빈 허물이 되었는데
울음 한번 터뜨리지 못한 채
난 가을을 맞는다
여름내 부르지 못한
내 안의 노래는
모두 어디로 날아가 버렸나

울음의 길을 찾지 못해서
오히려 쭉정이가 되어버린
가을날

*1연 전부 : 마쓰오 바쇼의 하이쿠 인용.

유연해지기

사노라면
몸에 힘이 들어갈 때가 있다

머릿속에 자석이 들었는지
온갖 상념이 달라붙고
심장 속에 불덩이 하나 들어앉아
시도 때도 없이 타오른다

무거워지지 말아라
뜨거워지지 말아라

한세상 너울너울
물결에 맡겨라

바닷속 해초처럼
춤을 추면서~

이 가을엔

가슴 여울에서 내내
맴돌며 소용돌이쳤던 뜨겁던 갈망
한걸음 물러서서 바라보니
또 하나의 겪고 갈 계절 노래였다
죽을 것처럼 살 것처럼
잡았다 놓은 것들이 다 허망하다 해도
그런 여울 숱하게 건너야만
강이 되고 바다에 닿는 것이니
이 가을엔 아름답게 품고 가야지
묵묵히 흐르는 강물 되어

바람 불면 일렁거리기도 하겠지
달 밝으면 수런거리기도 하겠지
묻어둔 전설 수면 위로 떠오르면
소리 없던 강물이 뒤채며 범람하기도 할 거야
그게 인생인데, 끊임없이 흔들리는 목숨인데
이 가을엔, 왜 더 눈물나게 아름다운가

몸살

모든 날아가는 것들에겐 날개가 있을까?
가속이 붙어 나날이 빨라지는 시간의 페달

1초에 50번씩 날갯짓하는
벌새처럼 살았나 보다
잘 때도 눈 뜨고 자는
물고기처럼 버텼나 보다

생명의 시한폭탄 압박하며
난, 어디를 향해 질주하는 건지
고장난 줄 알았는데 고맙게도
몸이 쉼표로 살짝 제동을 걸어준다

가끔은 쉬어갈 줄도 알게 하려고
뜨거운 체온으로, 절절한 통증으로

쉬었다 가기

살다보면
맑은 날만 오지 않더라
천둥 번개로 천지 뒤집히고
먹구름에 가려 어둠뿐인 하늘
그럴 땐 포구에 낮게 엎드려
숨 고르자

살다보면
반드시 갠 날도 오겠지만
항해의 남은 일정
모르긴 너나 내나 매한가지
하늘은, 하늘 뜻에 맡기고
오늘은, 돛 접을 시간

벼랑

어미 새가 새끼를
벼랑으로 내모는 것은
나는 법 가르치기 위함이라지?
내가 벼랑 끝에 내몰리는 것도
생명 주신 그분,
어미 새의 사랑을 알게 함이겠지

살다보면 종종 벼랑에 선다
준비 안 되어 번번이
추락 두려움에 몸서리치며

두려움 내려놓고 나를 믿어주려면
얼마나 더 벼랑을 만나야 할까
날개 자라서
바람과 하나 되려면

귀환

아주 강한 줄 알았다 두려울 게 없었으니까
그러나 초대치 않은 손님이 찾아와
한순간에 내 전부를 장악해버렸다
가장 무서운 적은, 가늠 안 되는 세력
싸워보기도 전에 이미 포로였다
몸이 처절하게 무너지니 난 바퀴벌레보다 못한
무력한 미물이 되어 있었다, 어느새
언제나 소중한 건 잃은 후에 깨닫는다

창문으로 숲의 풍경이 네 번 바뀌었다
그 사이 난 아주 힘겹게 숨을 모아
미물에서 사람으로 간신히 돌아오고 있었다
그러고 찾은 푸켓 바다, 한없이 열린
푸르름 속에서 태어나고 또 태어나
온전하게 귀환해준 나를 껴안았다
지금도 눈감으면 꿈속인 듯 보인다
맑고 투명한 바다와 반짝이던 햇살이

그냥 지나칠 뻔했다

눈치채지 못하고
그냥 지나칠 뻔했다
마른 옥수수자루 향해 한 발
다가가는 움직임 아니었다면
너는 그냥 지나쳐버릴 또 하나의
'아무것도 아님'이었다

우린, 얼마나 많은 의미를 놓치고 살까

무덤덤한 시간을 단번에 흔든
수풀 속 깜찍한 너의 은유가
그렇게 숨었어도 감추지 못한
뜨거운 너의 생명 박동이
나의 시간 속에 뛰어 들어와
팽팽하게 태엽을 감는다

배꼽

어린 날, 소꿉놀이가 재미없어지면
가볍게 털고 집으로 달려가 엄마~ 불렀다
그 어린 날에서 얼마나 멀리 왔는데
아직 난 사는 일이 소꿉놀이 같다
그래서 가끔 지치고 시들해지면
툴툴 털고 일어서야지 한다
어스름 저녁이 오면
지치지 않아도, 시들해지지 않아도
공연히 울먹이며 달려가던 품속

어디서 찾을 수 있나
어디서 만날 수 있나
배꼽 속에 문이 있을까?
세상 밖 우주 공산으로 밀어내고
빗장 닫았던 배꼽
그 문 열고 들어가면 길이 열려 있을까?
하루 같은 내 삶에도 어스름이 찾아드는데,

유영遊泳

나비 날갯짓 하나에
지구 반대편 기류가 바뀌는데

바다가 뒤척이는 것은
순전히 너희들 때문이지

수천 수만 꿈으로
너희 지느러미 흔드는데

어미인 바다가
어떻게 시치미뗄 수 있나

수천 수만 꿈을 품어
한시도 잠들지 못하는 큰 숨결,

불꽃

무엇이든 태워야지 비로소
빛이 될 수 있으니 태우거라 훨훨
어차피 다 태워야만
네 소멸의 꿈도 이루느니
오래 망설이지 말아라

생명이란 저마다 불씨로 태어나는 것
거역할 수 없는 숙명이다
삶이란, 한바탕 불꽃놀이 현장
어디선가 소멸로 가려고 몸부림치는
불꽃놀이 한창이겠지 이 순간에도

잠시 타오르다 스러지는
슬퍼서 더욱 빛나는 불꽃, 불꽃

너

행복은, 가득 채우려 해도
어느새 비워지는 깨진 물항아리

행복은, 둥글게 차오르면
다시 스러지는 밤하늘의 달

행복은, 오래 머물지 않고
금방 흩어지는 향기 품은 바람

나에게 넌 그냥
존재만으로도 충분한 행복의 다른 이름

소윤이

모든 아기는
모습을 드러내지 않는 신께서
대신 보내준 사랑의 징표다

한 발짝도 나아갈 수 없는 캄캄한 시간에도
두려움에 난파되지 않고 나아갈 수 있음은
저 뜨거운 생명이 등대 역할 하기 때문이다
그 맑은 미소는
우리의 고통을 침몰시키는 블랙홀이다

문득, 외로움이 큰 파도 되어
나를 잠식시키는 밤
심연으로 가라앉는 마음에 돛대 올리려고
아기를 보고 또 본다
내 사랑, 소윤이

결

그리움이다
보일 듯 말 듯 일렁이는
호수의 저 물결은

언제부터였을까
날 저무는 어스름녘이면
저녁연기로 가늘게 피어나
애매하게 나를 사로잡던
그 칭얼거림과 닮아 있다

갇힌 것들은 모두
비슷한 무늬를 갖고 있다

한 마리 새처럼

겨울이 좋은 것은 비어 있음이 많아서이다
혼자가 아니라 더불어 비어 있어서이다
그 비어 있음으로 인해
존재가 더 뚜렷하게 드러나서이다
내 안의 거품들 다 덜어냈을 때
비로소 드러나는 소중함의 실체

시린 늑골 사이를 오가며
노래가 되고 날갯짓이 되는
너 하나만으로 풍경이 채워짐을
알게 되기 때문이다

빈 가지에 앉은 한 마리 새처럼
내 가슴의 너만 있으면
내 겨울은 마냥 빈 그림이 아니다
너만 있으면

거꾸로 가나 보다

눈길 걸으면

시간이 거꾸로 가나 보다

뽀드득뽀드득

잠들었던 어떤 시간을 깨우는

그 소리 따라

어느새 마법에 걸린 한 아이가

눈길 위에 서 있다

접속

물속 사는 생명에게
물 밖 세상은 외계일 거야

지구 사는 우리에게
지구 밖 세상이 외계이듯

호기심 많은 물고기 한 마리
물 밖 외계인과 접속 시도한다

'나를 보아요, 내 말 들려요?'

순간, 네 무모한 시도에
울컥 눈물 돋는다

숨 쉬는 세상 너머로 헤매 도는
막막한 내 마음과 닮아 있어서

3부

시간이 머문 자리

뒷모습

화산의 열기만큼이나 뜨거웠을
환락과 몰락의 아수라장이
저 뒷모습으로 클로즈업 된다

시간은 어디에서 어디로 가고 있나
이미 가버린 시간은 또
품고 간 그 모든 것들과 함께
어디에 머물고 있나

거대한 시간의 무덤에
꽃들은 피는데
폼페이 폐허에서 길을 잃다

*이탈리아 폼페이 폐허에서.

옆모습

소통이 깨져 돌아선 이의 등은
얼마나 단단한 절벽이던가
소용돌이치며 흐르는 역사의 뒤안길은
얼마나 무거운 상처뿐이던가

앞모습이 전하는 열 마디 말보다
뒷모습이 전하는 침묵이
더 큰 파동을 줄 때가 많다

그런데 뭘까
폐허에서 만난 옆모습 하나
단번에 나를 사로잡은
고개 숙인 저 남자의 속죄

원죄라도 상관없다
그 고통 그 참회, 그만하면 되었다
토닥여주고 싶었다, 내가 신이라면

*이탈리아 폼페이 폐허에서.

하프돔

수백만 년 전 빙하 침식으로 형성된
요세미티, 그레이셔 포인트에서
열려 있는 지구의 내장을 내려다본다

화강암을 무 자르듯 잘라내다니
심장의 반쪽 잃고 서 있는
하프돔 마음이 궁금하다

얼핏 보면 의연한 것 같다가
다시 보면 먹먹한 것 같다가

전란 중 남편 잃고
반세기를 더 살다 가신 내 어머니
하프돔 모습에서 어머니가 읽힌다

*미국 요세미티 국립공원의 하프돔.

와이너리에서

술이 익는 마을
와이너리에 갔다

저 단단한 돌성
그 은밀한 고성 안에서
어디 포도주만 숙성되었을까

세월이 두껍게 쌓인
그 내밀한 공간에서
얼마나 많은 사랑이 괴이고 괴였을까

와인 한 잔에 어질어질 취해서
내 안에 괴인 사랑도
휘저어보았다 괜스레

* 캘리포니아 나파밸리의 어느 와이너리에서.

저만치 바라보기

골든게이트 해협 가로지르는
샌프란시스코의 자랑 금문교
기류 조류 험난한 바닷물에
우아하게 서 있다, 두 다리 적시고

이승 저승 연결하는 다리로 여겼든가
해마다 투신율 늘어만 간다는데
무심한 나그네에겐 그저
저만치 보이는 풍경일 뿐

이만큼 살아보니
저절로 얻어지는 게 있다
뒤로 몇 걸음 물러서서
저만치 바라보기

＊미국 샌프란시스코 금문교.

여명黎明

어둠은 빛을 낳고
빛은 어둠을 낳고
태초에 한몸이었다는 그들

어둠의 살을 헤집고
빛이 찾아올 때마다
매일 새날이 열린다

그대가 천둥 번개 거느리고
내게 올 때도 그러했다

내 깊은 어둠의 바다에 닻을 내리면!

빛이 되었다가 어둠이 되었다가
그 혼돈 속에서 나도
새롭게 태어나곤 했다, 그땐

＊캐나다 루이스 호수에서 맞는 새벽.

어떻게

누구나 지상 떠날 때
레테 강을 건넌다는데
그래도 기억 몇 개쯤은 가져가겠지

해발 1732m라는 것을
천상 주소로 착각하며 보낸
루이스 호수에서의 하룻밤은
망각의 물 마신대도 지워지지 않을 거야

신비로운 에메랄드 물빛과
아름다운 정원과
사랑하는 사람과

그걸 어떻게 잊어, 어떻게

난 아직

설파 산 내려와 들른
레스토랑 발트하우스
미각을 충족시켰던 한 끼 식사는
기억에서 멀어진 지 오랜데
어쩌면 전생에 꼭 와본 것 같은
더할 나위 없이 아름다웠던 그 풍경은
분해되지 않은 입자로 남아
간혹 꿈속으로 찾아온다

난 거기서,
햇살이 되기도 하고
바람이 되기도 하여
산천을 어루만지다가
한 마리 나비가 되어 날기도 한다
난 아직, 전생을 못 잊나 보다

스친 풍경 하나가

잠시 스쳤을 뿐이다
우아한 Bardala Hotel에서 하룻밤 묵고
비다 고원을 빠져나오는 길
차창 밖으로 스치는 무수한 안개 라이브 퍼포먼스
자연이 그려내는 수채화에 취해 넋을 놓고 왔다
거기, 노르웨이 고원에다가

가끔 난 거기에 있다 익숙하게
지나온 어느 생애엔 고원의 딸이었던 모양이지
하루의 반을 안개가 장악하고
일년의 반을 겨울이 지배하는
하늘 가장 가까운 자리
高原, 古園, 孤園

스친 풍경 하나가 안개 속에서 속살거린다
아직 널 그리워하노라고

＊Bardala Hotel : 노르웨이 야일로의 호텔.
＊비다 고원 : 노르웨이의 고원.

연주가

퀴센 백조의 성城으로 오르는 숲길에서
한 연주가를 만났다

독일의 전통악기 드렐라이어
신선한 충격이었던 그의 연주

그러나 사실 그 숲속에 있는 것만으로도
그는 풍경이었다 음악이었다

나는 어느 숲속 어느 자리에서
풍경이 되고 음악이 될까

*독일 퀴센 백조의 성에서.

트릭 분수

장난기 가득한
마르쿠스 시디쿠스 대주교가
4백 년 전 만들었다는
헬브룬 궁전의 트릭 분수
지인들 초대하여
물벼락 깜짝쇼를 즐겼다는데
오늘은
세계 각국 관광객이 물벼락을 맞는다

하나님 말씀에 사는 천국에서도
무료했나 보다
트릭이 필요했나 보다

*오스트리아 찰스부르크 헬브룬 궁전 트릭 분수.

스케일이 다르다

너무 넓어
바다인 줄 알았는데 호수란다
오스트리아 장크트 볼프강 호
그 너른 물이 숨결도 고요하다

호수라고 다 같은 호수 아니듯
사람이라고 다 같은 사람 아니다
이런 호수 같은 사람
어디 없을까

*오스트리아 장크트 볼프강 호수.

부유浮游

아르한겔스꼬예를 찾던 날
모스크바 강에 떠 있는
버드나무 꽃가루를 보았다

좀 더 멀리 날아보지 그랬느냐
바람결 따라
넓은 세상 구경했어도 좋았을 텐데

고작 떨어진 그 자리 부초 위에
가벼운 생명 얹었느냐
그 또한 너의 우주宇宙겠지

＊러시아 모스크바 근교 아르한겔스꼬예 궁전에서.

성城

하룻밤에도 짓고 허물고
보통사람은 그렇게 꿈만 꾼다

성을 짓는다는 건
미쳐야 하는 일이다

바그너에 미쳤던 루드비히 2세
17년 매달렸던 성에 겨우 백여 일 머물다
흔적 없이 사라져버린 비운의 성주

그의 판타지, 백조의 성에서
가슴이 뜨거워진다 그 미친 열정에

*독일 퓌센 백조의 성.

홀레바솔스뜨바

러시아 전통의상 입은 여인이
신랑 신부에게
쟁반 위 호밀빵과 소금을 권하면서
홀레바솔스뜨바!
빵과 소금의 결합어로 환대란 의미란다

부부는 서로에게
최고의 선물, 최고의 손님
한평생 서로 환대하며 살아가란다

내 생애 찾아온 그대에게도
홀레바솔스뜨바!

＊러시아 톨스토이 영지에서.

시간이 머문 자리

시간이 바람과 다른 건
앞으로만 달린다는 것이다
50개 탑이 위용을 자랑하는 거대한 사원
바이욘에 들어서자, 탑마다 가득한 보살상의 미소
그 마모되어간 흔적을 보고 있으니 문득
시간이 머물러 맴돌고 있단 생각 들었다
우리에 갇힌 맹수처럼
처음엔 울부짖기도 했겠지
뿔뿔이 흩어진 것들 따라서
직선이 아니더라도
사방으로 도망칠 수도 있었을 텐데
차마 놓고 갈 수 없었나 보다
저 자애로운 보살의 미소를 두고

시간이 천 년을 쓰다듬은 미소에 녹아서
하마터면 나도 거기, 시간의 우물에서
빠져나오지 못할 뻔했다

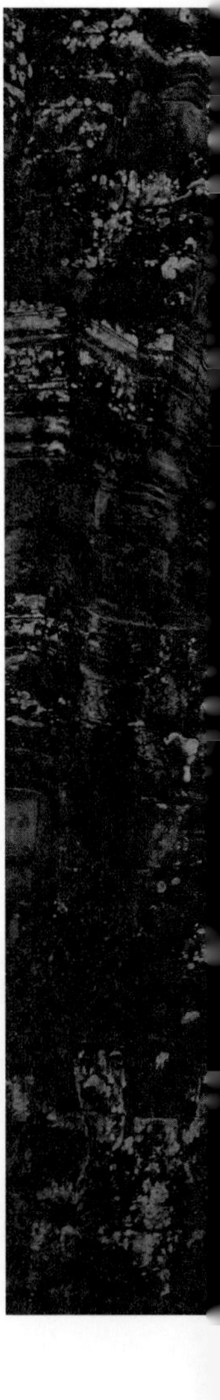

*캄보디아 앙코르톰 바이욘사원에서.

맹그로브 숲

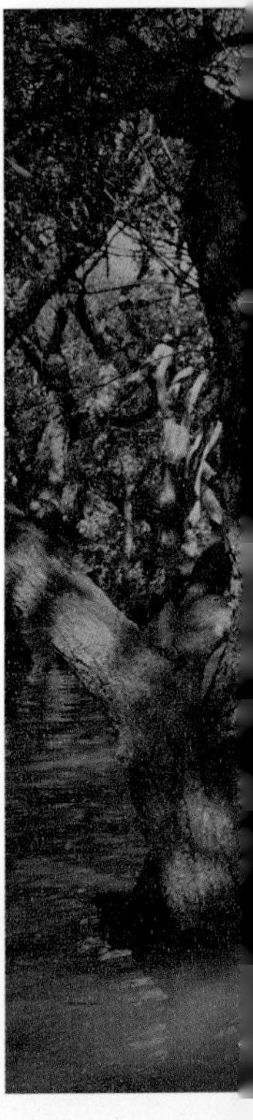

물 좋아하는 나도 계곡에 가면
발 담그고 싶어 안달이 난다
그래도 그렇지, 한 생애를 물속에서 살다니

톤레삽을 다녀온 뒤 가끔 꿈을 꾼다
아득한 옛날 어느 생에선
지느러미 유연한 어족이었는지
맹그로브 뿌리 사이로
숨바꼭질하며 해맑게 웃는다

그런데, 웃는 내가
물고기인지 나무인지, 반짝이는 햇살인지
모든 걸 껴안고 있는 물인지
깨어나서도 한참을 헤맨다
난 어느 생을 숨 쉬고 있는지

*캄보디아 톤레삽 호수 맹그로브 숲.

황산
— 登黃山 天下無山

황산의 4색인
운해 교석 기송 온천
다 볼 수 있으려면
3대의 공덕이 있어야 한다나
어찌된 영문인지
그 복락 다 누리고 내려왔더니
아 큰일이다
가슴에 다른 산은 품을 수 없네

저 운무 속에서
무슨 일 있었던 거지?

당신의 사랑도
저 황산 같았다

*황산의 비래석.

보이지 않는 중심

황산의 흑호송黑虎松이란다
아래에서 올려다보니
이건 그냥 나무가 아니고
거대한 왕국이다

얼마나 통치를 잘했는지
어느 한 곳 병들지 않았다
하늘로 뻗는 가지 하나도
치외법권 아니다

이토록 균형 잡힌 나라
아름다운 왕국을
오랜 세월 다스려온 군주
그 숨어 있는 중심이 보고 싶다

*황산의 흑호송.

스펑나무

슬픈 사랑이다, 천 년을 버텨온

자야바르만 7세가
어머니를 위해 건립한 사원 타프롬
그 화려했던 전성기는 밀림 속에 묻히고
타프롬의 위용은 적막에 든 지 오래다
허물어진 담벽과 쓰러져 누운 돌무더기
그 위로 석양이 조명을 비추고 있다
누군가는 폐허 담벼락 휘감은 스펑나무를
괴물, 무서운 파괴자, 에이리언이라 하지만
나그네 눈에는 지독히 슬픈 사랑이다
넘겨다 볼 수 없던 지존을 향해
담벼락 밑에서 몰래 키운 사랑의 씨앗이
홀로 살아남아 통곡을 삼킨다
시간마저 잊고 간 빈터를 어루만지며

4부

봄을 기다리며

함께

하루해가 얼마나 짧은지
우리 몰라요

해 넘어간 후에 찾아올 어둠도
굳이 알고 싶지 않아요

오늘은
엉겅퀴와 노란 씀바귀가 지천인
신들이 가꾸는 정원에 앉아
바람을 느끼는 것만으로도 행복합니다

함께 있는 것만으로
서로 바라보는 것만으로 충분합니다

'음메~'
다른 언어가 굳이 필요치 않아요

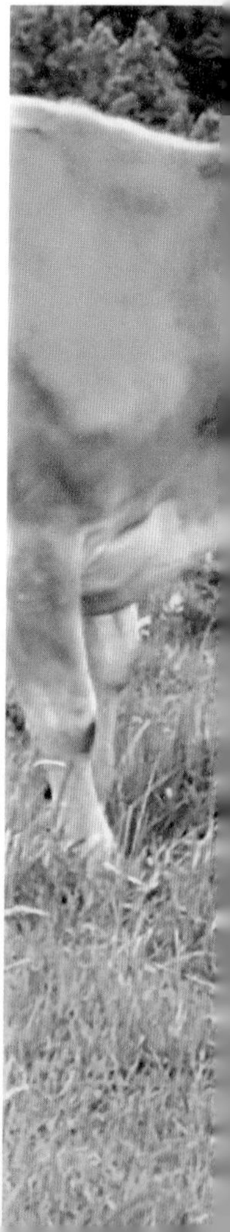

*정승윤 사진/ 제주 영주산 소.

산책길에서

늦은 오후, 마을 앞 산길을 걸었다
오월은 왜 이렇게 공기조차도 달까
푸르름으로 살아나는 숲 어디선가
새가 운다

홀딱벗고~
홀딱벗고~

어쩌라구,

비어 있으려 해도
어느새 내 마음도 가득 차오른다
살아 있는 것만으로도
노래가 되고, 기도가 되는
오월의 한가운데서

해찰하다

양산 통도사에 다녀왔다
문학 세미나를 빌미로
가을 나들이한 거니까
애초부터 부처님과 만날
기대조차 갖지 않았다
눈 맞춤 없어도 내 속
다 꿰뚫어보실 그분 언저리에서
연이틀을 슬렁슬렁 돌아다니며
해찰하는 재미

연못 속 금붕어랑 놀고
장독대 위 햇살과 놀고
소나무숲 바람과 놀고
하늘에 심심풀이하는 구름과 놀고
내 그림자랑도 놀고

모두가 그분 손바닥 안이었다

호기심

저런 녀석
어디에나 꼭 있다
모두 앞만 보고 있을 때
고개 돌려 딴 세상 보는
말똥한 눈빛

주어진 궤도로만 돌던
내 삶의 어느 한낮에도
저런 말똥한 눈빛으로
궤도 밖 세상 몰래 해찰하던
호기심 많은 아이
내 안에 살고 있었다

창窓

안에서 밖으로 향함인가
밖에서 안으로 향함인가

작품은, 창이다
작가의 영혼을 들여다보려고
미술관을 돌며 기웃거렸다
반쯤 열려 있거나 또 반쯤 닫혀 있는
저마다 다른 작품들 앞에서
누군가의 세상으로 들어가 보려고
억지를 부렸나 보다
무거워진 다리를 끌고 나오다가
문득 시선이 향한 곳
시원하게 뚫린 창밖으로
언제나 열어놓으신 신의 작품이
피로한 눈을 씻어주었다
예술의 극치는
난해한 해석이 굳이 필요치 않았다

바닥의 시간

몸도 낮추고 마음도 낮추고
내 전부를 한없이 낮춘 상태에서
침잠하듯 깊은 어둠 속에
침묵하고 있어 보니

바닥에 누웠던
생각도 일어나고
마음도 일어나고
몸도 다시 일어나게 되더라

높이 솟았을 때보다 오히려
더 낮아질 수 없는 바닥에서
우릴 인도하는 생명의 신호가
더 잘 들림을 알게 되었다, 놀랍게도

시선

캘리포니아 해안 1번도로 달리다가
어쩐지 나와 닮은 듯한
갈매기 한 마리와 마주하다

날갯짓 잠깐 멈추고
가지런히 두 발 모으고
너도 숨 고르기 하나 보네

네 시선 따라 바라본 망망대해
끊임없이 밀려오는 파도
우리 살아갈 세상이 거기 있네

소환하다

가물가물 멀어져간
결코, 돌아오지 않는 시간

문득 그런 날 있다
뜬금없이 불러내 오고픈 무대 하나
살아온 날들은 매 순간 다 토막극 같다

이게 무슨 짓이람
인형놀이, 그림자놀이 하듯
소환된 무대에 온기 넣으려
시에 생명 입히고 있는 나
이 안타까운 놀이는 대체 언제 멈추려나

시간은 그냥 떠나지 않고
벽화를 새기고 가나 보다
내 가슴, 벼랑 같은 허공에

종이배

B 화백의 화실에서 종이배를 본 순간
숨이 멎는 줄 알았습니다
전란을 피하려고 배편 구하러 나가셨다가
원산 앞바다에서 붙잡혀 수장되셨다는 아버지
세월이 흘러도 그 바다는 여전히 고통입니다
아직 저 바닷속 못 떠나신 건 아닐까?
슬픔에 가위눌릴 때면 얼굴조차 모르지만
아버지! 아버지!
그 이름을 통곡하듯 부르곤 했습니다

나는 거기에 없단다
나는 바람이란다 햇살이란다
네가 만나는 꽃들의 웃음이란다
밤마다 너를 지켜보는 별빛이란다
하얀 종이배는
승천하는 아버지의 넋이 되어 말합니다
언제나 네 곁에 있었단다, 아이야!

들숨날숨

발이 닿지 않으면 물속이 연옥 같다
사이렌 되어 나를 칭칭 묶어버리는
아버지의 사인死因
산 채로 겨울 밤바다에 던져졌다는 풍문을
칠십 년이 지나도록 껴안고 산다
전쟁이란 이름으로 숱하게 저질러진
그 만행의 고통스런 비밀이 어찌 나만의 것일까
아무튼,
물에서도 종종 난 날숨을 놓친다
들숨에만 몰두하다가 타이밍을 놓치면
토해내지 못한 것들이 쌓여 질식해버릴 것 같다

가을이 오기 전에 내 뜨락 숲에서
매미가 목청 세우고 있다
여름 내내 이 아이들은 이젠 그만 편안해지라고
소리와 침묵 사이, 날숨의 타이밍
그 비결을 알려주는 줄
난 까맣게 모르고 있었다

낚시

저 푸른 하늘에
낚싯대를 던져보면 어떨까
태양만큼 뜨거운 희망 하나
월척으로 건졌으면 좋겠다

낚싯바늘은 비어 있는데
월척 낚는 꿈을 꾼다

하루살이

번개 보면서도
삶이 한순간임을 모르고
하루살이 한날이
우리 일생인 줄 모른다

석양이
자꾸 얼굴 붉히는 건
알면서 모른 척
시치미떼기 힘든 때문일 거다

하늘에 둥실 떠올라
인간 세상 지켜보는 일
엄청 슬퍼졌을 거다
끝 모를 다툼에 지쳐서

마지막 수手

귀족이지만 농민들과 함께 생활하며
무소유 삶 지향했던 톨스토이
490ha의 너른 영지 다 내어주고
자신의 유언대로 가볍게 누웠다
어린 날 마법의 지팡이 찾아헤매던
그 숲속에, 아무 표식도 없이

여행하며 숱하게 떠난 자리 보았다
지구 다녀간 그들 생애 더듬다보면
마냥 무덤덤할 수 없었지만
오늘 장방형 무덤 앞에서
지축 흔들리는 줄 알았다
내 가슴 속 번지는 울림으로

대문호의 마지막 수手
그 기막힌 정석定石을 읽고,

＊야스나야 플랴나의 톨스토이 무덤.

파도

영원한 짝사랑인가,
물과 하나 되고 싶은 저 몸짓은

때론 살포시 안겨오고
때론 격렬하게 달려오지만
어느 한번 포말로 부서지지 않은 적 있나

지치지도 않나 보네
천 년의 몸짓

봄을 기다리며

한밤중 잠을 깨운 건
문풍지 흔드는 거친 바람이 아니라
방안 감도는 시린 공기임을 알아챘다
서울에서 잠시 내려와 흐느끼는 큰언니
그 곁에 석고상이 된 어머니
침묵도 큰 울음임을 그때 보았다
입춘에도 가난한 대학생에겐
여전히 동토인 서울 생활
외투 하나 없이 혹한도 견뎌내더니
꽃샘추위에 무너졌던 스무 살 내 언니

2월을 맞으면
오래도록 잊히지 않는 삽화 속으로
환청인 듯 아닌 듯 누군가의 울음이 들려온다

봄은, 어디쯤 오고 계신가

고목枯木

누구나
쓰러지고 싶을 때 쓰러질 자유
눕고 싶을 때 누울 자유 있건만
척추도 곧게 세우지 못한 채
왜 이렇게 서 계신가

그 오랜 세월
아직 전하지 못한 말 남았든가
버티고 지켜줘야 할 사연 있었든가

그 무엇이든
질긴 세월 고단함 내려놓고
이젠 편안하셔도 되지 않겠는가

＊러시아 톨스토이 생가 사과밭에서.

뿌리

빛이 어룽지는 숲에서
생멸生滅을 생각한다

잎 지고 줄기 꺾여도 뿌리만은,
지켜 살아남아야 한다고
얼마나 깊게 뇌새김해 왔을까

푸르던 날, 다 보내주고
아직 그 자리 떠나지 못해
홀로 화석이 된 너

이보시게,
그만 놓으셔도 되네
그 뿌리정신!

부부로 사는 건

마음만 먹으면 별도 딸 것처럼
은하계가 온통 품 안에 있더니
아득하게 흘러가버린 날들

부부로 사는 건, 두 떠돌이별이
나란히 같은 궤도를 도는 일
뜨겁게 마주 보는 것이 아니라
한 방향으로 나란히 서는 것이라고
지나가는 바람이 일러주네

서로 조금씩 닮아가며 연민으로
지구별 여행의 끝자락까지
묵묵히 곁을 지켜주는 사이

간격

우주에서 보면 작은 우물
대안리大安里 우리 집 마당으로
와르르 쏟아져 내리는 별
밤하늘을 지키는 저들의 비결은
별 사이 간격 유지에 있다

젊은 날엔 온전히 하나여야만 해서
너와 나의 사랑을 종종 괴롭혔건만
이곳 편안한 동네, 대안리로 이사 온 후엔
밤마다 은하 징검다리 밟으며
안채에서 별채, 내 서재로 이동한다

내 행성에 불 밝히며 오롯한 시간
새삼스레 배워가는 것은
간격의 미학, 중력과 균형이다
항성인 그와
행성인 나

말의 씨앗

말은 할수록 가벼워지는데
너무 많이 쏟아냈나 보다
내 생애 황무지 화원 만들려고
꽃씨라 여겨 가슴에 품은 언어들
말의 씨앗도 발아하고 발아하면
그대로 꽃이 되는 줄 알았다

한 송이 연꽃을 보니
아름다움은 이렇게 만드는 게 아니구나
한마디 말없이도 그냥 웃으면 그만인데
진흙탕에서도 맑은 영혼 띄울 수 있는데
못다한 진심 전하려고 지금도 말을 고른다
아픈 가슴 휘저으며 할 줄 아는 게 이뿐이라서

내 말 들려요?

맹난자/ 수필가

24년 전(1996년), 수필 모임에서 만난 문혜영 씨는 외모나 내면이나 결이 고운 소녀다운 인상이었다. 큰 행사의 사회도 스스럼없이 잘 보던 그녀의 특히 감성적인 노래에 취해 고인이 된 정경 씨와 우리는 자주 어울렸다. 노래는 맛있고, 말씨는 정감 있고, 무엇보다 그의 수필은 따뜻했다.

2017년 여름, 원주에서 개최된 〈포토포엠 전시회〉를 보고 가슴에 운율이 출렁이던 그의 노래는 시로, 어느새 가인歌人이 시인詩人이 된 것을 알았다. 사진을 곁들인 그의 시는 시각視覺을 첨가해 의미 표상表象이 직관적으로 배倍가 된 것임도 알았다.

"모두 앞만 보고 있을 때/ 고개 돌려 딴 세상 보는 말똥한 눈빛"

「호기심」이라는 시에 붙은 해바라기 사진은 노오란 얼굴이 말똥말똥한 눈빛을 촘촘하게 형상하고 있었다.

“어린 날, 소꿉놀이가 재미없어지면/ 가볍게 털고 집으로 달려가 엄마~ 불렀다. (중략) 어디서 찾을 수 있나/ 어디서 만날 수 있나/ 세상 밖 우주 공산으로 밀어내고/ 빗장 닫았던 배꼽/ 그 문 열고 들어가면 길이 열려 있을까?”(「배꼽」 중에서).

시들한 소꿉놀이 접고 엄마의 품속을 향하듯, 그녀는 존재의 시원인 궁극을 묻는다. 주름 접힌 ‘배꼽’ 사진이 영원으로 가는 우주의 나이테 같았다. 디카시 작품의 백미로 꼽고 싶다. 사진 공부를 따로 하지 않은 그녀의 직관적 포착능력이 감성을 업었다. 그래서 더욱 의미 있는 시집이 된 것 같다. 상재를 축하드린다.

두 번의 힘든 생명의 파고波高를 넘은 그의 시는 생명, 시간, 해탈로 줄기 쳐 뻗어 나가는 것을 알 수 있었다.

「귀환」에서 “초대치 않은 손님이 찾아와/ 한순간에 내 전부를 장악해버렸다/ (중략) 창문으로 숲의 풍경이 네 번 바뀌었다/ 그 사이 난 아주 힘겹게 숨을 모아/ 미물에서 사람으로 간신히 돌아오고 있었다” 그러고 찾은 푸켓 바다가 온전하게 ‘귀환’한 자신을 껴안았다고 쓰고 있다.

미물에서 사람으로 ‘귀환’하기까지 그는 몸도 낮추고 마음도 낮추고 내 전부를 한없이 낮춘 상태에서 침묵하고 있어 보니

“몸도 다시 일어나게 되더라// 높이 솟았을 때보다 오히려/
더 낮아질 수 없는 바닥에서/ 우릴 인도하는 생명의 신호가/

더 잘 들림을 알게 되었다. 놀랍게도"(「바닥의 시간」 중에서)

암흑의 진공 같은 「바닥의 시간」에 혼자 웅크린 그녀의 간절한 외침이 들린다.

물속 사는 생명에게
물 밖 세상은 외계일 거야

지구 사는 우리에게
지구 밖 세상이 외계이듯

호기심 많은 물고기 한 마리
물 밖 외계인과 접속 시도한다

'나를 보아요, 내 말 들려요?'

순간, 네 무모한 시도에
울컥 눈물 돋는다

숨 쉬는 세상 너머로 헤매 도는
막막한 내 마음과 닮아 있어서

—「접속」 전문

별안간 세상이 낯설어진 생명체, 그 호기심 많은 물고기 한 마리가 물 밖 외계인과 조심스레 접속을 시도한다. "나를 보아요. 내 말 들려요?" 생명은 호흡이고, 호흡은 소통이다. 그리고 접속이다. 사람은 숨을 쉬어야 산다.

시 「들숨날숨」에서 "뭍에서도 종종 난 날숨을 놓친다"는 그녀의 소통은, 몰아서 쉬는 숨처럼 시를 토해내는 일이었다. 날숨이다. 샘물을 쳐내듯 시를 쓰는 동안 스스로를 구원한 것이 아닌가 짐작된다.

「종이배」에서 그런 것을 느낄 수 있었다. "전란을 피하려고 배편 구하러 나가셨다가/ 원산 앞바다에서 붙잡혀 수장되셨다는 아버지/ (중략) 슬픔에 가위눌릴 때면 얼굴조차 모르지만/ 아버지! 아버지!/ 그 이름을 통곡하듯 부르곤 했습니다"

> "나는 거기에 없단다/ 나는 바람이란다 햇살이란다/ 네가 만나는 꽃들의 웃음이란다/ 밤마다 너를 지켜보는 별빛이란다/ 하얀 종이배는/ 승천하는 아버지의 넋이 되어 말합니다/ 언제나 네 곁에 있었단다, 아이야!"(「종이배」 중에서)

하얀 종이배가 전하는 아버지 혼백의 말씀을 듣고 슬픔의 무게를 내려놓는다. 작가는 칠십을 넘어 이제 영성靈性의 세계, 달관의 세계에 들었다. 보고 듣는 대상이 귀에 거슬리지 않는다. 순順해졌다.

> "이만큼 살아보니/ 저절로 얻어지는 게 있다/ 뒤로 몇 걸음 물러서서/ 저만치 바라보기"(「저만치 바라보기」 중에서)

“폐허에서 만난 옆모습 하나/ 단번에 나를 사로잡은/ 고개 숙인 저 남자의 속죄// 원죄라도 상관없다/ 그 고통 그 참회, 그만하면 되었다/ 토닥여주고 싶었다. 내가 신이라면”(「옆모습」 중에서)

“족하다, 그만인 거다// (중략) 괜찮다, 그만인 거다// 훗날 삶 접고 떠날 때가 오더라도/ 한세상 살아봤으니 질척이지 않고/ 고맙다, 그만인 거다”(「낙엽」 중에서)

불에 데인 듯한 투병기의 담금질을 거치면서 그녀가 쏟아낸 시어詩語를 통해, 나는 비로소 안도한다. 이제 되었구나. 그녀는 시인詩人인 걸.

“내 말 들려요?”

“잘 들리구 말구 … ”

문혜영 씨의 첫 번째 시집을 나는 소중하게 가슴에 안는다.

겁 없이 찬란했던 날들

지은이_ 문혜영
펴낸이_ 조현석
펴낸곳_ 북인
디자인_ 푸른영토

1판 1쇄_ 2020년 07월 07일
출판등록번호_ 313 - 2004 - 000111
주소_ 121 - 842 서울 마포구 서교동 467 - 4, 301호
전화_ 02 - 323 - 7767
팩스_ 02 - 323 - 7845

ISBN 979-11-6512-008-5 03810

이 도서의 국립중앙도서관 출판예정도서목록(CIP)은 서지정보유통지원시스템 홈페이지(http://seoji.nl.go.kr)와 국가자료종합목록시스템(http://www.nl.go.kr/kolisnet)에서 이용하실 수 있습니다. (CIP제어번호 : CIP2020024842)

이 책은 강원도, 강원문화재단 후원으로 발간되었습니다.

책값은 뒤표지에 있습니다.
저자와 협의 아래 인지를 생략합니다.